Un piccolo omicidio senza conseguenze

Commedie in italiano

Flagrante delirio
Strip-Poker
Prognosi riservata
Venerdì 13

JEAN-PIERRE MARTINEZ

Un piccolo omicidio senza conseguenze

Traduzione di Annamaria Martinolli

La Comédiathèque
comediatheque.net

Personaggi

Albano
Eva
Cristina

© La Comédiathèque
ISBN 978-2-37705-839-6

Atto primo

Sera. Il salotto di un appartamento borghese-bohémien un po' in disordine. Un cellulare abbandonato sul pavimento squilla a vuoto. Entra Albano, visibilmente preoccupato. Ha del sangue sulle mani. Osserva il cellulare senza prenderlo.

Albano – E che cazzo…

Il cellulare smette di suonare. Albano estrae un fazzoletto, afferra delicatamente il cellulare con esso e se lo infila in tasca. In fretta e furia rimette un po' in ordine la stanza. Raccoglie dal pavimento una camicia macchiata di sangue, che osserva sbalordito.

Albano – Oh, no, non è possibile…

Suonano alla porta. Ficca la camicia sotto un cuscino del divano. Suonano di nuovo.

Albano – Arrivo!

Esce un attimo per andare ad aprire e torna camminando dietro ad Eva, sua moglie.

Eva – Scusami, ho dimenticato di nuovo le chiavi. Certo è che oggi non me ne va bene una. Ho fatto da difensore d'ufficio a una donna accusata di omicidio volontario. Senti questa, perché è comica: un'amante del "bricolage" che ha tagliato il marito in tre pezzi con una sega elettrica. Figurati che… (*S'interrompe notando che Albano non l'ascolta*) Ti vedo perso… Sei ancora bloccato su quella tua nuova idea di testo teatrale?

Albano – Sì, ma non è quello il problema.

Eva – E allora qual è? Mi stai facendo paura. Non è che per caso tua madre viene a cena?

Albano – No, no, stai tranquilla.

Si siede sul divano.

Eva – In questo caso, non sarà poi così grave. A proposito, cosa vuoi mangiare? Non ho molta voglia di cucinare… Potremmo ordinare del sushi e mangiarcelo davanti alla tv.

Albano – Sì… Anzi, no… Ho la testa altrove, ecco.

Eva – Non pensavo fosse necessario concentrarsi per infilarsi un paio di sushi in bocca. (*Si siede accanto a lui sul divano e lo bacia*) Non ti sto mica proponendo di fare sesso selvaggio con me, qui su due piedi, sul tappeto. (*Notando la sua mancanza di entusiasmo*) Quanto entusiasmo… Intanto, ordino due menu. Il vantaggio del sushi è che non rischia di raffreddarsi.

Albano – Già, mica come i cadaveri.

Eva denota sorpresa nel sentire questa morbosa osservazione.

Eva – Bene… In attesa della consegna, mi racconterai le tue disgrazie e farò tutto il possibile per restituirti la gioia di vivere… (*Prende il cellulare e inizia a comporre il numero*) Dolce o salata?

Albano – Cosa?

Eva – La salsa, per il sushi! Dolce o salata?

Albano – Non lo so…

Si alza e cammina su e giù per la stanza.

Eva – Una per ogni tipo, come al solito. (*Al suo interlocutore*) Sì, chiamo per una consegna a domicilio. Due California. Via Romolo Gessi, 85… Una dolce e una salata. Benissimo, grazie. (*Mettendo via il cellulare*) Arrivano tra mezz'ora… Su, vieni a sederti vicino a me. Ora mammina si occuperà di te…

(*Sposta un cuscino per fargli posto, nota la camicia insanguinata che spunta e la tira a sé*) Oh, mio Dio, cos'è questo schifo? Cos'è successo? (*Vedendo il sangue sulle mani del marito*) Ti sei tagliato?

Albano – No, io… Non è la mia camicia e non è neanche il mio sangue.

Eva – E allora il sangue di chi è?

Albano – Senti, Eva, credo di aver ucciso qualcuno.

Eva – Credi? Come sarebbe a dire? Che storia è questa?

Albano – No, ecco… In realtà non è che lo credo… ne sono sicuro.

Eva – Ma non è possibile. Non si uccide qualcuno così, dalla mattina alla sera. Guarda me. Ho spesso desiderato di uccidere tua madre, ma non l'ho ancora fatto. E lo sai perché?

Albano – No…

Eva – Perché non sono un'assassina! Non agisco d'impulso. Ci rifletto. Valuto i pro e i contro. E mi dico che vent'anni di prigione sarebbero un prezzo troppo alto da pagare per il piacere che mi procurerebbe strangolare tua madre.

Albano – C'è da credere che gli uomini non sono così bravi a resistere ai loro impulsi.

Eva – Senti Albano, io di assassini ne vedo tutti i giorni in tribunale. Credimi, tu non hai proprio il profilo adatto al ruolo…

Albano – Lo pensavo anch'io… fino a poco fa.

Eva – È forse un'idea per il tuo nuovo testo teatrale?

Albano – Come scusa?

Eva – La storia di una donna che torna a casa dopo il lavoro a cui il marito annuncia di aver ucciso l'amante? Stai testando la tua idea su di me, è questo?

Albano – Cazzo, Eva, ti sto dicendo che ho ucciso qualcuno, in che altro modo devo dirtelo perché tu mi creda?

Eva – Non basta mica sostenere di essere un assassino per essere creduti! Bisogna anche dimostrarlo.

Albano – Ah, davvero?

Eva – Se tu sapessi quante persone si autoaccusano di un delitto che in realtà non hanno commesso. Giusto la settimana scorsa, in tribunale, difendevo uno scout accusato di aver ucciso un prete. Ebbene, non ci crederai ma c'era un'altra mezza dozzina di lupetti che sosteneva di averlo ucciso… Ho dovuto lottare per riuscire a convincere il giudice che era stato proprio il mio cliente ad assassinarlo.

Albano – Ah… E come ci sei riuscita?

Eva – Semplice… Solo lui sapeva sotto quale albero era stato sepolto il cadavere del sant'uomo.

Albano – E quindi?

Eva – E quindi? Il tuo cadavere dov'è?

Albano – Qui, in cucina.

Eva sembra improvvisamente rendersi conto della gravità della situazione.

Eva – In cucina? Stai scherzando?…

Albano – Vuoi andare a controllare?

Eva guarda in direzione della cucina, esita, ma rinuncia.

Eva – Ma… cos'è successo? E poi, chi è?

Albano – È… Patrizio.

Eva – Patrizio?

Albano – Patrizio.

Eva – Oh, no… Non Patrizio.

Albano – Preferivi che uccidessi qualcun altro?

Eva – Oh, mio Dio, Albano… Dimmi che non è vero!

Albano – Magari potessi dirtelo… ma purtroppo…

Eva – Mi prendi in giro, vero?

Albano – È la sua camicia quella che hai in mano. Guarda… Ci sono le sue iniziali in rilievo sui gemelli.

Eva osserva con sguardo allucinato i gemelli della camicia.

Eva – P.S.

Albano – Patrizio Santorini. L'unico uomo rimasto a indossare ancora i gemelli anche quando non è il giorno del suo matrimonio.

Eva – Ma insomma Albano… Perché?

Albano – È stato un incidente.

Eva – Un incidente? Vuoi dire… un incidente domestico?

Albano – Lo si potrebbe definire così, sì.

Eva – Sii più specifico, accidenti! Eri in giardino che potavi le siepi, non hai visto che lui stava giusto dietro a fare pipì e gli hai tranciato… la carotide? Se è qualcosa del genere, non ti preoccupare… non è un delitto. Con un buon avvocato…

Albano – Beh, ecco, purtroppo le cose non sono andate esattamente così.

Eva – E come sono andate?

Albano – Diciamo piuttosto che si è trattato… di omicidio involontario.

Eva – In che senso involontario?

Albano – Abbiamo avuto una discussione.

Eva – Una discussione? Cioè una lite?

Albano – Sì, ecco… diciamo una lite.

Eva – Una violenta lite, a quanto pare.

Albano – In ogni caso abbastanza violenta da ucciderlo. Mi stai già facendo sentire sotto interrogatorio.

Eva – Scusa… deformazione professionale.

Albano – La cosa certa è che l'ho ucciso.

Eva è prostrata.

Eva – È tutta colpa mia.

Albano – Cosa?

Eva – Non direttamente, ma comunque…

Albano – E perché mai?

Eva – Io non ti abbandonerò, tesoro. Un delitto passionale permette sempre un'ottima difesa.

Albano – Un delitto passionale? Stai dicendo che… Io e Patrizio?...

Eva – L'hai ucciso perché ci sono andata a letto, vero?

Albano (*esterrefatto*) – Sei andata a letto con Patrizio?

Attimo di imbarazzo.

Eva – Non è per questo che l'hai ucciso?

Albano – Nemmeno lo sapevo!

Eva – È successo tanto tempo fa…

Albano – Quanto tempo fa?

Eva – Non so… Sei mesi…

Albano – Ti pare tanto tempo?... Adesso mi dirai che magari c'è anche la prescrizione?

Eva – È stato… un incidente.

Albano – Come no… Un incidente domestico?

Eva – Non era una relazione, Albano. È successo una sola volta, non l'ho mai amato.

Albano – Oh, certo, mi tranquillizza molto… che tu possa andare a letto con tizi che non ami.

Eva – Ma quali tizi! Si è trattato solo di Patrizio, te lo giuro. È stato un equivoco! Insomma, tu mi ci vedi con Patrizio?

Albano – Ti ricordo che è il mio miglior amico.

Eva – Ti ricordo che l'hai ucciso.

Albano – E com'è successo, sentiamo?

Eva – È stato… un quiproquo!

Albano – Ah, certo, già me l'immagino… una specie di adulterio involontario.

Eva – Ecco, appunto!

Albano – Non ho mai sentito una giustificazione più assurda. È dunque questa la tua linea di difesa?

Eva – Non ribaltiamo i ruoli, eh? Sei stato tu a commettere un delitto, non io. Ora tocca a te dare spiegazioni alla polizia.

Albano – Pensi forse di denunciarmi?

Eva – Che altro vuoi che faccia?

Albano – Era quello che pensavo anch'io prima del tuo arrivo. Ma ora che so che Patrizio è il tuo amante… nessuno crederà mai all'omicidio involontario!

Eva – Ma certo, come no, adesso è colpa mia! E poi non è il mio amante, come dici tu! Siamo stati a letto una volta sola.

Albano – Comunque sia penseranno a una vendetta, a un gesto volontario, e mi daranno il carcere a vita!

Eva – Gli spiegheremo come stanno le cose.

Albano – Parli dell'adulterio involontario?

Eva – Oh! Io non ho ucciso nessuno, va bene?

Pausa.

Albano – Cosa facciamo?

Eva – Come sarebbe a dire "facciamo"?

Albano – Hai detto che non volevi abbandonarmi, no? Mi tradisci con il mio miglior amico, io lo uccido e adesso pensi di fregartene?

Eva – Quando l'hai ucciso, non sapevi ancora che ci ero andata a letto!

Albano – Fammi la cortesia di risparmiarmi i giochi di parole!

Eva – Sai bene che ho ragione. E poi, perché hai ucciso Patrizio, sentiamo?

Albano – Una storia stupida.

Eva – Raccontamela…

Albano – Diciamo che… mi ha confessato che il mio ultimo testo teatrale non gli era piaciuto.

Eva – Il tuo ultimo testo? *Osteria 2000*?

Albano – Sì, lo ammetto, forse ne ho scritti di migliori.

Eva – È stato un fiasco… e non di vino.

Albano – Ti ringrazio per il tatto che dimostri nel ricordarmelo.

Eva – Te l'avevo detto di cambiare il titolo… E l'hai ucciso per questo? Perché ti ha detto che non gli piaceva il tuo ultimo testo che, comunque, ha fatto schifo a molti?

Albano – Si vede che la cosa ha risvegliato tra noi una rivalità che esisteva da anni. Con Patrizio sono sempre stato in competizione. Tra le altre cose anche per le ragazze. Già ai tempi del liceo…

Eva – Sì, vabbè, e poi?

Albano – Siamo venuti alle mani. È scivolato e ha sbattuto la tempia sullo spigolo del tavolo.

Eva – Considerato il sangue sulla camicia, credevo si trattasse di una ferita di arma bianca.

Albano – Il sangue è schizzato da ogni dove. Dagli occhi, dal naso, dalle orecchie. Ha agonizzato per un quarto d'ora, e poi basta.

Eva – E non hai pensato di chiamare un'ambulanza?

Albano – Ho detto un quarto d'ora ma forse in realtà si è trattato di un paio di minuti o secondi. Ero nel panico. Paralizzato dalla paura. Non me ne sono reso conto. Quando mi sono deciso a chiamare, era già troppo tardi. (*Suonano alla porta, Albano ha l'aria preoccupata*) Credi siano loro?

Eva – Chi? L'ambulanza?

Albano – La polizia!

Eva – Se non l'hai chiamata!

Albano – Forse i vicini hanno sentito qualcosa.

Eva – Ah, no, sarà Cristina.

Albano – Cristina? La moglie di Patrizio?

Eva – Perché, ne conosci per caso un'altra?

Albano – Ma come ha fatto a sapere già tutto?

Eva – Non lo sa. Mi ha chiamato un'ora fa. Me ne sono completamente dimenticata. Voleva parlarmi di una cosa importante, e io le ho detto di passare…

Albano – Non apriamo.

Eva – Si insospettirà. Le ho detto che ero in casa.

Albano – Hai ragione… Allora apri tu. Io vado a rinchiudermi in cucina.

Eva – Non sarebbe meglio dirle tutto e farla finita?

Albano – Dirle che il cadavere del marito è steso sulle piastrelle della nostra cucina in un bagno di sangue? Credi sul serio sia il modo giusto di comunicarle che è rimasta vedova?

Il campanello suona una seconda volta.

Eva – Ok… Provo a mandarla via, e poi vediamo.

Albano – Mi raccomando, non farla entrare in cucina.

Albano corre a nascondersi in cucina. Eva va ad aprire, dopo aver rimesso la camicia sotto il cuscino del divano.

Eva – Arrivo!

Eva esce e torna, un secondo dopo, accompagnata da Cristina.

Cristina – Scusami se mi presento da te così all'improvviso. Non è che per caso Patrizio è qui da voi, vero?

Eva – Patrizio? Che razza di idea!... No, perché dovrebbe essere qui?

Cristina – Mi pareva di aver visto il suo motorino giù di sotto, ma non importa. In fondo i motorini si assomigliano un po' tutti.

Eva – Sì… hai ragione.

Cristina – E Albano non c'è?

Eva – Sì, sì, è di là… Sta lavorando. Sul nuovo testo teatrale. Lo conosci, no, quando scrive…

Cristina – Sì, mi rendo conto… Soprattutto dopo il fiasco del suo ultimo testo. Com'è che si chiamava?

Eva – *Osteria 2000.*

Cristina – Il fiasco era già nel nome.

Eva – Non credo tu sia venuta per parlarmi di questo…

Cristina – Mi dispiace tanto disturbarvi. Lo so che non è un buon momento, ma è importante.

Eva – Ma certo, non ti preoccupare! Non ci disturbi. Se non si può contare sugli amici nel momento del bisogno… Vuoi bere qualcosa?

Cristina – No, grazie, sono a posto così.

Eva – Tanto meglio. (*Cristina la guarda un po' sorpresa*) No, voglio dire… Prego, accomodati… (*Cristina fa per sedersi sul divano, accanto al cuscino sotto il quale è nascosta la camicia*) Ehm… No, siediti lì che è meglio.

Le indica uno sgabello o uno scomodo puff.

Cristina (*sedendosi*) – Va bene.

Eva – No, perché sai, sui divani… uno ci mette poco ad addormentarsi. Sono stanca morta e quindi… ci tengo a restare concentrata per ascoltare quello che mi dirai. (*Prende una seduta simile a quella di Cristina e si accomoda*) Allora qual era la notizia importante?

Cristina – Ebbene… Non ci crederai… Ho appena scoperto che Patrizio mi tradisce.

Eva – Non mi dire? E non lo sapevi?

Cristina – Beh, no… Perché, tu lo sapevi?

Eva – Ma quando mai! No, intendevo… E sai chi è la donna?

Cristina – Di preciso no.

Eva – Tanto meglio, tanto meglio!

Cristina – Come, tanto meglio?

Eva – No, intendo, forse saperne il nome peggiorerebbe le cose.

Cristina – Non lo so.

Eva – E poi, che importanza vuoi che abbia? L'importante è che ti tradisce, no?

Cristina – Sì… In effetti sì, hai ragione. La cosa peggiore sarebbe scoprire che lo fa con qualcuno che conosco.

Eva – Già…

Cristina – Ma te lo immagini? Scoprire che tuo marito va a letto con la tua migliore amica!

Eva – Ma cosa ti salta in mente?

Cristina – No, stai tranquilla, io una cattiveria simile non te la farei mai.

Eva – Grazie tante!

Cristina – Comunque, è finita. Chiedo il divorzio.

Eva – Forse non è il caso di scaldarsi tanto… Non ti sembra un po' affrettata come decisione? Magari si è trattato di un incidente.

Cristina – Un incidente? Ma quale incidente? Secondo te un uomo penetra una donna, così, per combinazione? Perché aveva la testa altrove? Poi si stende un verbale e il danno lo paga l'assicurazione?

Eva – No, certo che no, ma…

Cristina – E una volta rientrato a casa la sera, il tizio dice tranquillamente alla moglie: "A proposito, mi sono dimenticato di dirti che ho avuto un piccolo incidente, ho tamponato sessualmente la vicina. Ma non ti preoccupare, è stata colpa sua".

Eva – Ha tamponato sessualmente la vicina?

Cristina – No, lo dico per fare un esempio! Sei sicura di stare bene? Ho l'impressione che questa storia ti sconvolga più di quanto sconvolga me.

Eva – Sono preoccupata per te. Eravate una coppia così… Insomma, quando uno diceva Patrizio e Cristina era come…

Cristina – Come Albano ed Eva.

Eva – Non riesco a immaginarvi separati.

Cristina – Figurati un po'! Niente dura in eterno.

Eva – È vero che già tra Adamo ed Eva non è andata a finire bene…

Cristina – Ad ogni modo, non dormirò mai più sotto lo stesso tetto di quel pervertito.

Eva – Questo è poco ma sicuro…

Cristina – E per il mio divorzio, conto su di te!

Eva – Ne sei sicura? Non so se… Vi conosco entrambi, potrebbe essere imbarazzante.

Cristina – Stai scherzando? Sei la mia migliore amica! Patrizio è più che altro l'amico di Albano. Noi ci conoscevamo già da molto prima di conoscere loro.

Eva – Sì, è vero.

Cristina – Gli uomini sono tutti porci, te lo dico io! Ovviamente non mi riferisco ad Albano.

Eva – Ovviamente.

Cristina – Anche se detto tra noi, quei due fanno una bella accoppiata!

Eva – Secondo me stai esagerando… Ti assicuro che Albano…

Cristina – Aspetta e vedrai, questo divorzio per Patrizio non sarà una passeggiata. Sei una signora ammazzatutti o sbaglio?

Eva – Di che parli?

Cristina – Come avvocato, dico! Sei un'ammazzatutti o no? Ad ogni modo, questa è la reputazione di cui godi.

Eva – Ah, davvero?

Cristina – È stata Paloma a dirmelo. Sai no, ti sei occupata del suo divorzio…

Eva – Ma quando?

Cristina – Non ricordi? Era sposata con un dentista. Un grande studio lungo il corso principale. A quanto pare, sulla sua sedia basculante le pazienti non aprivano solo la bocca per farsi curare i denti… Insomma, mi ha detto che il marito l'hai lasciato in braghe di tela.

Eva – Vacci piano… Il ruolo di un avvocato non è precisamente questo… Un divorzio è innanzitutto il fallimento di un progetto di vita in comune. Noi siamo là per rendere la cosa meno dolorosa possibile.

Cristina – Non fare la modesta. Lo so che sei una signora ammazzatutti. Quindi ti avverto, voglio che Patrizio finisca dissanguato.

Albano ritorna, con un grembiule macchiato di sangue.

Albano – Ciao.

Cristina – Oh, ciao. Pensavo stessi scrivendo il tuo ultimo successo teatrale…

Albano – Sì, ma facevo anche un po' di cucina.

Cristina – Ma non mi dire…

Albano – Sai, la scrittura e la cucina hanno molte cose in comune. Ingredienti sani. Una buona ricetta. Un pizzico di sale. Una spolverata di pepe. E poi, basta lasciare che il tutto cucini a fuoco lento…

Cristina – Ah, certo… Non sapevo che eri anche un bravo cuoco… E la tua specialità qual è?

Albano – Frattaglie di cinghiale con cipolle.

Eva – La sua famosa ricetta segreta. Quando la prepara, nessuno può entrare in cucina.

Albano – E con te, tutto bene?

Eva – Patrizio ci ha lasciati… No, voglio dire, Cristina ha deciso di lasciare Patrizio.

Albano Dici sul serio?

Cristina – Ho appena scoperto che il pervertito mi tradiva. Non è che per caso ne sapevi qualcosa?

Albano – Io! Neanche per sogno. Cosa te lo fa pensare?

Cristina – So come funziona la solidarietà tra uomini… quando si tratta di fornire un alibi a un amico, o addirittura mettere a disposizione una camera degli ospiti.

Albano – Ti assicuro che ti sbagli, Cristina!… Insomma, io e te siamo amici, come puoi pensare che…

Cristina – Scusami, sono i nervi… Dico cose senza senso.

Eva – Resta qui un attimo, giusto il tempo di calmarti. Poi torni a casa, vai a letto e domani ne riparliamo. A mente lucida. Che ne dici?

Cristina – A casa mia? Ah, no, ti ho già detto che non se ne parla proprio! Anzi, approfitto che siete qui tutti e due per chiedervi un favore.

Albano – Che ti serve?

Cristina – Vi dispiace se dormo qui, stanotte?

Eva – Cosa, tu vorresti?…

Cristina – Domani, troverò una soluzione… o mi trasferirò da mia madre. Ma stasera… (*inizia a singhiozzare*) ho bisogno del calore di chi mi vuole bene. E voi siete gli unici amici che ho.

Eva le si avvicina per consolarla.

Eva – Ma certo, come no.

Cristina – Sapevo di poter contare su di voi… Doverne parlare subito a mia madre mi mette a disagio. Lei odia Patrizio. Mi ha sempre detto che era un donnaiolo. Purtroppo, aveva ragione da vendere. Ma per adesso, non ho nessuna voglia di sorbirmi le sue lezioni di morale. Mentre con voi…

Eva – Siamo qui per questo, tesoro. Vero Albano?

Cristina – Siete dei veri amici, sono davvero commossa.

Cristina si lascia cadere tra le braccia di Eva.

Eva – Non ti preoccupare, tutto si sistemerà. O almeno spero.

Albano – Vi lascio sole. Vado a finire le mie frattaglie…

Eva lo guarda uscire, inorridita.

Cristina – Se Patrizio fosse qui, davanti a me, ti giuro che non so di cosa sarei capace… Anche a me viene voglia di ridurlo a pezzettini, quel porco.

Eva – Su, non dire così.

Cristina (*asciugandosi le lacrime*) – Mi dispiace proprio di costringerti a sopportare questa situazione.

Eva – Ti senti meglio?

Cristina – Un po’… Ma ora avrei bisogno di qualcosa da bere.

Eva – Ah… Certo… Cosa vuoi?

Cristina – Un bicchiere d’acqua da rubinetto, andrà benissimo. Ma non ti disturbare, lo prendo io in cucina.

Eva – No!

Cristina (*stupita*) – Ah, sì, è vero, dimenticavo. Le frattaglie.

Eva – Quello che ti ci vuole è qualcosa di forte, credimi.

Cristina – Veramente non so se è il caso.

Eva – Ti faccio compagnia. Anch'io ho bisogno di tirarmi un po' su.

Cristina – Davvero?

Eva estrae da una credenza una bottiglia e due bicchieri e li riempie. Poi alza il suo bicchiere per fare un brindisi.

Eva – Non abbattiamoci, ragazza mia! (*Turbata*) In un modo o nell'altro ne usciremo.

Scoppia in lacrime. Cristina si avvicina per consolarla.

Cristina – Sapevo che eri una cara amica, ma non pensavo che la cosa ti traumatizzasse tanto.

Eva si riprende.

Eva – Su, brindiamo. Questo non farà tornare Patrizio, ma almeno ci calmerà.

Svuota il suo bicchiere d'un sorso. Cristina la imita.

Cristina – È talmente forte che risveglierebbe un morto!

Eva – Magari…

Cristina – Che roba è?

Eva – Alcool di patate.

Cristina – Ah, certo… Si sente la… Non è che abbia poi tanto sapore, ti pare?

Eva – No.

Cristina – Ad ogni modo, libera completamente i bronchi.

Eva – Ah, certo.

Attimo di silenzio.

Cristina – Come ho potuto essere così stupida?

Eva – A che ti riferisci?

Cristina – Con Patrizio! Non ho percepito i segnali.

Eva – Forse non tutto è perduto… Magari è solo un incubo, vedrai, e tra poco ci risveglieremo.

Cristina – Purtroppo, non credo. Poco fa mi hai chiesto se so chi è.

Eva – Chi?

Cristina – La donna con cui Patrizio mi ha tradito!

Eva – E allora?

Cristina – Se almeno ce ne fosse stata una sola e basta…

Eva – Perché, sono di più?

Cristina – Ho scoperto per caso, craccando la password del suo PC per così dire da lavoro, che Patrizio aveva un account su un sito di incontri.

Eva – Un sito di…

Cristina – Incontrisenzaundomani.com… Non è con una donna che mi tradiva… ma con un centinaio!

Eva – Che?

Cristina – È un sessuomane, te lo dico io. Vecchie, giovani, grasse, magre, bionde, more… Non ha mica gusti difficili. Gli va bene tutto.

Eva – Ah!

Cristina – Non me lo sarei mai aspettato, dico sul serio. Per non parlare delle chiatte, dovresti vederle.

Eva – Le chiatte?

Cristina – Sì, insomma, le ciatte, le chat… Sul sito di incontri.

Eva – Ma certo. Però a tutto c'è un limite, no?

Cristina – Sì, beh, per quanto riguarda i limiti ti posso dire che Patrizio li spinge abbastanza lontano…

Eva – Siamo a questo punto?

Cristina – Guarda, dovresti leggere una delle loro conversazioni… Ho scoperto un uomo nuovo, come ti dico, perché con me non ha mai combinato granché.

Eva – No, neanche con me… Cioè, voglio dire, neanche io con Albano.

Cristina – Non ti fidare. Una pensa di conoscerli, e poi un bel giorno…

Si sente il rumore di un attrezzo elettrico, tosasiepi o motosega.

Eva – Albano sta tosando le siepi…

Cristina – Mentre prepara le frattaglie?

Il rumore raddoppia.

Eva – Forse è meglio se vado a vedere cosa sta combinando… Intanto, tu sistemati pure nella stanza degli ospiti.

Cristina – Va bene. Non ti disturbare, conosco la strada. E grazie ancora per tutto.

Cristina esce. Albano entra.

Albano – Che fine ha fatto Cristina?

Eva – L'ho strangolata e l'ho provvisoriamente sistemata nella vasca da bagno. Tanto vale eliminare tutti i testimoni scomodi.

Albano – Stai scherzando, spero?

Eva – Certo che sì! E tu? Mi spieghi cosa stai combinando? Stai facendo un casino incredibile!

Albano – Non potevo mica lasciarlo là, in mezzo alla cucina.

Eva – E allora?

Albano – L'ho messo nel congelatore. Giusto il tempo di decidere cosa farne.

Eva – E nel frattempo hai potato le siepi? In cucina?

Albano – No, ma… siccome il corpo intero nel congelatore non ci stava…

Eva – Oh, mio Dio!... Non ci posso credere!... Come siamo arrivati a questo punto? Chiamo subito la polizia.

Estrae il cellulare.

Albano – Vuoi mandarmi in galera?

Eva – È lì che rinchiudono i criminali, no?

Albano – Ma ti ripeto che è stato un incidente…

Eva cambia idea.

Eva – Almeno sei sicuro che sia morto?

Albano – Intendi se ero sicuro che fosse morto prima di tagliarlo in tre pezzi con la tosasiepi? Perché adesso neanche se gli scattassi una foto…

Eva – Chi l'avrebbe mai detto che un giorno avrei sentito frasi del genere uscire dalla bocca dell'uomo che amo.

Albano – Conosci la formula… "Nella gioia e nel dolore"… Dovevi pensarci prima.

Eva – Prima quando?

Albano – Prima di tradirmi con Patrizio, ad ogni modo.

Eva – Tu sei completamente matto. Hai bisogno d'aiuto. L'hai detto tu stesso, è omicidio involontario. Invocheremo il raptus di follia.

Digita un numero.

Albano – Non lo fare…

Eva – È l'unica soluzione possibile, dài retta a me.

Albano – Penseranno che sei mia complice.

Eva – Perché dovrebbero pensarlo?

Albano – Sua moglie è di là. Non le hai detto nulla.

Eva – Ma perché avrei dovuto aiutarti a compiere un gesto simile?

Albano – Perché tradiva anche te! E volevi vendicarti.

Eva – In che senso, mi tradiva?

Albano – Vi ho sentite poco fa. Lo conosco bene, io, il suo account sul sito d'incontri…

Eva – Lo sapevi?

Albano – Sai com'è, quando c'è di mezzo una scopata, gli uomini sono dei gran sbruffoni… A volte viene da chiedersi se non tradiscono le mogli giusto per il piacere di potersi vantare delle loro conquiste con gli amici… È il loro lato animalesco.

Eva – E non mi hai detto nulla?

Albano – A cosa ti sarebbe servito saperlo, a parte trovarti in imbarazzo con Cristina?

Eva – Capisco, quindi l'hai fatto per proteggermi? Ad ogni modo, io non avevo nessun valido motivo per uccidere Patrizio.

Albano – Ne sei sicura?

Eva – Perché avrei dovuto?

Albano – Per gelosia, come nel caso di Cristina.

Eva – Tu sei matto!

Albano – Pensavi di essere l'unica. Quando hai scoperto di essere solo una delle sue tante conquiste, non hai retto. E quando ti ho detto che volevo ucciderlo, mi hai dato una mano. Per vendicarti a tua volta.

Eva – Albano, sei completamente fuori di testa!

Albano – Lo siamo entrambi, mia cara. Chi si assomiglia si piglia. Già mi vedo i titoli sui giornali: "Coppia diabolica smembra il cadavere del miglior amico e lo conserva nel congelatore della cucina, per poi cenare tranquillamente con la vedova nella stanza accanto".

Eva – E tu oseresti raccontare una storia del genere alla polizia solo per trascinarmi con te nel fango? È abominevole!

Albano – Oh, no, ti sbagli, non sarei io a raccontarla! È quello che penserebbe il giudice. Anche se sostenessi di essere l'unico colpevole, si convincerà che voglio proteggerti.

Eva sembra scossa.

Eva – Tu dici?

Albano – Ad ogni modo, sarà la fine della tua carriera di avvocato. Chi avrebbe il coraggio di affidare il proprio divorzio a una donna che fa a pezzi i suoi amanti con la tosasiepi?

Eva – Purtroppo hai ragione.

Albano – E poi, ti ci vedi a raccontare al giudice che mi hai tradito involontariamente?

Eva – Ma è vero, te l'assicuro!

Albano – Un adulterio involontario? Raccontamelo un po', così vediamo se riesci a convincere almeno me.

Eva – Era il fine settimana in cui sei partito per la prima di *Osteria 2000*. Io ero dovuta andare a Milano per un processo che poi è stato rinviato.

Albano – Di' piuttosto che non volevi assistere al mio disastro.

Eva – Comunque sia, eravamo entrambi fuori città, e quindi la casa doveva essere vuota.

Albano – Patrizio mi aveva chiesto di lasciargli le chiavi, per incontrarsi con una delle sue conquiste. Eri tu, immagino?

Eva – Neanche per idea! Sono rientrata all'improvviso in piena notte. Non sapevo che gli avevi prestato la casa, e il nostro letto coniugale, per fare sesso con una delle sue amanti!

Albano – È l'unico letto a due piazze della casa! E quindi?

Eva – E quindi… appena rientrata mi sono messa a letto.

Albano – Con Patrizio.

Eva – Ho visto che c'era qualcuno nel letto, ma credevo fossi tu! Ho pensato che avevi deciso di rientrare la notte stessa della prima. Mi è sembrato logico, visto che sapevo fin dall'inizio che lo spettacolo era un disastro.

Albano – Tante grazie.

Eva – Non ho fatto rumore per non svegliarti.

Albano – Ma comunque, il tuo partner si è svegliato malgrado i tuoi sforzi.

Eva – Si vede che la zoccola di Patrizio lo aveva abbandonato in piena notte. E a quanto sembra, lui aveva voglia di divertirsi ancora.

Albano – Quindi tu hai fatto da sostituta, se così si può dire. Sei scesa in campo a metà partita.

Eva – Mi avrà scambiato per l'altra. Solo il giorno dopo mi sono accorta che nel letto non c'eri tu. Anche se in effetti ero un po' stupita.

Albano – Perché? È stato meglio delle altre volte?

Eva – Non dico questo… Però è stato diverso… E poi non riuscivo a capire perché continuavi a chiamarmi Alexandra69.

Albano – Avrà dato il suo meglio, immagino?

Eva – Diciamo che… non ero più abituata a tanta… fantasia.

Albano – Brava, prendimi anche per il culo!

Cristina ritorna.

Cristina – Scusate… Eva, potresti prestarmi uno spazzolino? Me ne sono andata come una matta mollando tutto e non pensavo…

Albano – Ah, mi raccomando: stanotte stai attenta a non sbagliare letto… Non si sa mai.

Cristina – No, certo.

Albano – Vi lascio… Chissà quante cose avete da raccontarvi… Esperienze da condividere.

Esce.

Cristina – Di che parlava?

Eva – Non lo so… Anzi, lo so perfettamente.

Cristina – E cioè?

Eva – Mi accusa di averlo tradito.

Cristina – E… ha ragione oppure no?

Eva – È stato… un adulterio involontario.

Cristina – Involontario? Stai scherzando?

Eva – No.

Cristina – Ah, vabbè.

Eva – Una sera sono rientrata a casa. Nel mio letto c'era un uomo e solo il giorno dopo mi sono accorta che non era Albano.

Cristina – Mi prendi per fessa?

Eva – No.

Cristina – A chi vuoi darla a bere? Non a tuo marito, spero.

Eva – Hai ragione… è del tutto inverosimile.

Cristina – Peccato, però. Te lo immagini? Il piacere senza la colpa.

Eva – E senza la punizione che ne consegue.

Cristina – Spero ne sia valsa la pena, almeno.

Eva – Beh, devo confessarti che… sì, ne valeva decisamente la pena.

Cristina – Tradire senza esserne consapevoli non è tradire sul serio. (*Entrambe si lasciano andare a una risata nervosa*) Comunque… se Patrizio mi raccontasse una storia che non sta in piedi come questa, direi che mi prende decisamente per scema.

Eva – Certo, ma non pensi che in una coppia è importante anche saper perdonare?

Cristina – Perdonare? Per quanto mi riguarda lo ammazzerei.

Eva – In senso figurato, immagino.

Cristina – Non hai mai provato il desiderio di uccidere qualcuno?

Eva – No, te l'assicuro.

Cristina – Se Albano ti tradisse, ad esempio, non lo uccideresti?

Eva – Perché? Sai forse qualcosa che io non so?

Cristina – No, no, assolutamente.

Eva – E tu… non hai mai tradito Patrizio?

Cristina – No… Insomma… Dipende dal significato che si attribuisce alla parola tradimento.

Eva – Ah, davvero?

Cristina – Intendo, dal punto di vista tecnico.

Eva – Capisco… Un pompino può considerarsi un tradimento? Ti riferisci a cose di questo tipo.

Albano ritorna.

Albano – Tutto a posto. Ho aggiunto un posto a tavola.

Eva (*ironica*) – Che c'è un amico in più?

Albano – No, mi riferivo solo alla cena.

Cristina – Ah, certo… le frattaglie.

Eva – Vado a darmi una rinfrescata.

Eva esce. Attimo di silenzio imbarazzato.

Cristina – Non è che per caso gliel'hai detto?

Albano – Cosa?

Cristina – Del nostro "scivolone", il giorno di Capodanno dell'anno scorso.

Albano – Certo che no! Perché?

Cristina – Non lo so… Mi sembra strana.

Albano – Non è per questo, te l'assicuro.

Cristina – Anche perché non ne abbiamo mai parlato… Eravamo tutti e due un po' ubriachi… Ma non ha significato nulla, mi pare che su questo siamo d'accordo. È stato solo… un incidente di percorso.

Albano – Oh, no, ti prego… non tirarmi fuori anche tu la storia dell'incidente.

Cristina – Scusami se ho tirato di nuovo fuori l'argomento. Non avrei dovuto.

Albano – Ho già dimenticato.

Eva ritorna, con l'aria un po' turbata.

Eva – Allora, queste benedette frattaglie, ce le mangiamo sì o no?

Suona il campanello.

Albano – Chi può essere a quest'ora?

Eva – La polizia?

Cristina, incuriosita dal loro bizzarro comportamento, gli lancia uno sguardo preoccupato.

Albano – Vado io… Se non torno tra cinque minuti, chiama il mio avvocato.

Eva lancia uno sguardo d'intesa a Cristina per rassicurarla.

Eva – È un gioco che ogni tanto io e lui facciamo.

Cristina – Certo, capisco.

Eva – Ti piacciono le frattaglie?

Cristina – Sì, insomma.

Albano torna con un pacchetto.

Albano – Era il sushi.

Eva – Ah, è vero. Me l'ero dimenticato.

Cristina – Come mai avete ordinato anche del sushi?

Attimo di imbarazzo.

Buio.

Atto secondo

Cristina – I miei complimenti per le frattaglie, erano molto buone.

Albano – Grazie… Mi dispiace per il pallino con cui hai quasi rischiato di romperti un dente. Per quanto uno faccia attenzione, ne restano sempre uno o due.

Cristina – Non è mica facile eliminare ogni traccia del proprio misfatto. Non sapevo, però, che fossi cacciatore…

Eva – È curioso, non lo sapevo neanch'io.

Albano – Di questi tempi, è una cosa di cui è bene non vantarsi.

Cristina – Quindi sei stato proprio tu a ucciderlo, il povero cinghiale?

Albano – Sì, sai com'è, è stata la mia prima volta. Non sono un bravo tiratore.

Cristina – Direi proprio di no…

Albano – Voglio dire, non sono bravo con il fucile. A cacciare.

Cristina – Considera che un cinghiale è un animale bello grosso. Non è necessario saper prendere bene la mira.

Albano – In effetti, è stato piuttosto… un incidente.

Cristina – Un incidente? Ma pensa.

Albano – Rientravo a mani vuote da una battuta di caccia… con Patrizio, guarda caso. E mentre tornavo, lungo la strada, il cinghiale mi si è parato davanti ed è finito sotto le ruote.

Cristina – Un cinghiale depresso, forse. Ha voluto porre fine a un'esistenza di porco.

Albano – Probabile.

Cristina – Beh, si può dire che a te l'aria non manca.

Albano – Cioè?

Cristina – Intendo che fai molte attività all'aria aperta… La caccia, il golf…

Eva – Giochi anche a golf?

Albano – Sì, ho ripreso da poco.

Cristina – E… giochi sul serio a golf con Patrizio, o è un alibi che gli fornivi per le scorrazzate con le sue amanti?

Albano – No, no, a golf ci giochiamo davvero. Del resto, Patrizio ama molto giocare… Voglio dire, è un gran bravo giocatore.

Cristina – Sì… Da quanto mi ha detto, alla buca 18 che finisce dritta nella foresta non lo batte nessuno… Credo che lì vicino ci sia pure un albergo.

Eva – Che sogno… Un giorno mi ci porterai, vero, Albano? Voglio provare anch'io a giocare a golf.

Cristina – Ad ogni modo, mi devi dare la ricetta delle tue frattaglie. Ah, no, chiedo scusa… Anche quella è un segreto.

Silenzio imbarazzato.

Eva – Ancora un po' d'insalata?

Cristina – Grazie… ma sono proprio piena.

Albano – Se vuoi andare a letto, non farti problemi.

Cristina – Con quello che mi capita, non so se riuscirò a prendere sonno. Però fa piacere sapere che, in momenti del genere, si può contare sugli amici.

Eva – Fai come se fossi a casa tua.

Albano – Un dessert?

Eva – Abbiamo del gelato eschimese nel congelatore, se vuoi.

Cristina – Grazie, sto bene così. Se permettete, vado a lavarmi le mani.

Si alza.

Albano – Meglio in bagno, la cucina è un po' in disordine.

Esce. Albano si serve altre frattaglie.

Eva – La stai prendendo bene, a quanto vedo... Se non altro continui ad avere appetito.

Albano – A cosa servirebbe lasciarmi morire di fame?

Eva – Cosa ti è saltato in mente di dirle che fai il cacciatore?

Albano – Non lo so... Mi è uscito così... Dovevo pur inventarmi qualcosa... per evitare che andasse a ficcare il naso in cucina.

Eva – E le frattaglie? Di preciso di cosa sono fatte? O facevo meglio a non chiedertelo?

Albano – No, no, quelle sono vere. Sono proprio frattaglie di cinghiale.

Eva – Dovremo riparlare di questa storia del golf, perché la faccenda non mi è molto chiara.

Albano – Ti assicuro che non ho niente da nascondere.

Eva – A parte un cadavere… Ti ripeto ancora una volta la domanda: è uno scherzo? Perché se la risposta è sì, è di cattivo gusto. E ti ricordo che la vedova è nella stanza accanto.

Albano – Vai a dare un'occhiata nel congelatore, se vuoi. Ma ti avviso, quello che vedrai non ti piacerà.

Eva – Non voglio vedere niente. E non voglio sapere niente.

Albano – Non ti sarà facile dimostrare di essere all'oscuro di tutto. Non stiamo parlando di un neonato congelato tra due pile di bistecche tritate. Ma di un tizio di un metro e novantacinque tagliato in tre tronconi di sessantacinque centimetri.

Eva – Sei un mostro!... Occultamento di cadavere, lo sai con quanti anni di carcere è punibile? Vuoi che passi i migliori anni della mia vita in galera?

Albano – Siamo sulla stessa barca, tesoro, devi darmi una mano!

Cristina ritorna.

Cristina – Faccio una telefonata a Patrizio.

Eva – Non credo sia una buona idea.

Cristina – Devo pur dirgli che lo lascio!

Eva – Non ci vuoi riflettere ancora un momento?

Cristina – Ho riflettuto abbastanza. Non lo perdonerò mai per quello che mi ha fatto.

Albano – Ma forse, per parlargli, puoi aspettare anche domani.

Cristina – Se non mi vede rientrare stasera, si chiederà che fine ho fatto. Potrebbe chiamare la polizia.

Eva – Ah, certo, in questo caso… forse è meglio se lo chiami.

Albano – Nello stato in cui si trova, mi sorprenderei se chiamasse la polizia, ma comunque…

Cristina – Nello stato in cui si trova?

Albano – Sì, nel senso… che forse sospetta già qualcosa e non gli fa poi tanto piacere.

Eva – Non preferisci tornare semplicemente a casa? Domani ne parlerete.

Cristina – Mi rifiuto di passare un'altra notte sotto lo stesso tetto di quel pervertito!

Eva – Credi di essere nelle condizioni giuste per parlargli?

Cristina – No, ma stai tranquilla, non ho intenzione di iniziare a discutere della vendita della casa o della custodia del cane. Gli dirò di chiamare il mio avvocato. Che saresti tu.

Albano – Sarai tu a occuparti del suo divorzio?

Eva – Non lo so… Sì… Cristina me l'ha chiesto.

Albano – Bene… Se ci tieni tanto a chiamarlo adesso, fallo. Vuoi che ti lasciamo sola?

Eva – Se vuoi un po' di privacy, puoi andare in…

Albano – Non in cucina, ad ogni modo.

Cristina – No, posso chiamare da qui, la vostra presenza non mi disturba.

Compone il numero. Si sente un telefono squillare nella stanza accanto.

Cristina – Che strano! Mi pare di sentirlo squillare nella stanza accanto.

Albano – Sarà il mio.

Cristina – E non rispondi?

Albano – Sì, sì… Adesso vado.

Esce, sotto lo sguardo incuriosito di Eva.

Cristina – Squilla a vuoto.

Eva – Sì… me lo immaginavo.

Cristina – Perché?

Eva – Se ha visto il tuo numero e sa il motivo della chiamata… forse preferisce non rispondere.

Cristina – È lui… Patrizio? So tutto. Come, tutto cosa? Ma certo, fai pure l'innocentino. Sì, appunto la tua buca numero 18. Com'è che ti fai chiamare su Incontrisenzaundomani.com? Ah, sì, Patrizio327. C'è da credere che ci siano un bel po' di stronzi come te su quel sito con un nomignolo becero. Porco! Sei un porco! Tutto qui quello che hai da dire? Poveraccio. È finita, Patrizio327. La prossima volta che hai qualcosa da dirmi, rivolgiti al mio avvocato. Lo conosci benissimo, è Eva. Sì, proprio Eva! La moglie di Albano, il tuo migliore amico. Ci sei rimasto male, eh? Bene, buona serata, stronzo! (*Rimette in tasca il cellulare*) È proprio bello togliersi un peso.

Eva è esterrefatta.

Eva – Chi era?

Cristina – Come chi era? Era lui, chi altro doveva essere?

Eva – Patrizio? E cos'ha detto?

Cristina – Non molto. Cosa poteva dire? Ma aveva una voce strana. Credo che mi prenderò un'aspirina. Mi sta venendo un'emicrania. Posso prendere un bicchier d'acqua in bagno?

Eva – Vai pure.

Cristina – Pervertito…

Cristina esce. Albano ritorna.

Albano – Tutto bene? Cos'è successo?

Eva – Mi hai preso per il culo!

Albano – Che?

Eva – Cristina, ha appena parlato con Patrizio al telefono.

Albano – Ero io.

Eva – Come?

Albano – Il cellulare di Patrizio! Era nella tasca, e ovviamente non l'ho tolto… Sono stato io a rispondere per non destare sospetti.

Eva – Ma allora… è per questo che mi ha detto che aveva una voce strana.

Albano – Ho fatto come in TV. Ho parlato attraverso un fazzoletto.

Eva – Tu non stai bene!

Albano – Così avremo un alibi. Non posso averlo ucciso qui, un'ora fa, se ha appena risposto al telefono.

Eva – A meno che la polizia non provi a geolocalizzare la chiamata e non scopra che veniva dalla nostra cucina.

Albano – Credi davvero che siano così zelanti?

Eva – Parliamo pur sempre di un delitto.

Silenzio. Albano finge di mettersi a piangere.

Albano – Non sai quanto mi dispiace… Se solo potessi tornare a un'ora fa… ma purtroppo non è possibile.

Eva – Sul serio l'hai ucciso perché non gli era piaciuta la tua pièce?

Pausa.

Albano – No… non solo per quello.

Eva – E allora perché?

Pausa.

Albano – Mi ha confessato che era stato a letto con te.

Eva – Ah, ecco… E perché non me l'hai detto subito?

Albano – Volevo vedere se me ne avresti parlato spontaneamente.

Eva – Dunque non gli hai creduto neanche quando ti ha spiegato che è stato un semplice malinteso!

Albano – Patrizio non mi ha detto questo: ecco il problema.

Eva – Che porco schifoso!... Se lo becco, l'ammazzo!

Albano – L'ho già ammazzato io… Ti chiedo solo di aiutarmi a sbarazzarmi del cadavere. Se mi ami, ovviamente… Mi ami?

Eva – Certo che ti amo. Come puoi dubitarne?

Albano – Ti credo.

Eva – E a me credi se ti dico che ci sono andata a letto per sbaglio?

Albano – Farò uno sforzo… anche se devi ammettere che non è facile.

Eva – Cosa posso fare per dimostrarti tutto il mio amore?

Albano – Hai già fatto tanto. Ma hai ragione, non ho alcuna possibilità di venirne fuori. E non voglio trascinarti in prigione con me come mia complice. Chiamerò la polizia…

Eva – No, aspetta!

Albano – Cosa?

Eva – Non voglio che tu finisca in prigione per anni.

Albano – E allora cosa suggerisci di fare?

Eva – Ti aiuterò a far sparire il cadavere.

Albano – Hai un'idea?

Eva – Credimi, in quanto avvocato di professione, molti clienti mi hanno confidato i loro piccoli segreti. E ho imparato un paio di metodi molto semplici per far passare il corpo di un tizio di due metri per i tubi di scarico della vasca da bagno, dopo un bel bagnetto notturno nella soda caustica.

Albano – Ah.

Eva – Ma prima, dobbiamo sbarazzarci di lei.

Albano – Di lei?

Eva – Intendo che dobbiamo togliercela dai piedi!

Albano – Ah, ecco. Mi hai fatto prendere un colpo.

Cristina ritorna.

Cristina – Che facce. Qualche problema?

Eva – No, no, assolutamente.

Cristina – Ho provato a stendermi un po', ma non riesco a prendere sonno.

Albano – E se ci bevessimo qualcosa per rilassarci?

Cristina – Non so, con le pastiglie che ho preso… Forse è meglio non mischiare alcool e medicine.

Eva – Andiamo, un piccolo digestivo non ha mai fatto male a nessuno.

Cristina – In effetti quel tuo cinghiale mi è rimasto un po' sullo stomaco… Era buono ma… pesantino, non ti pare?

Eva riempie tre bicchieri e in uno di essi ci lascia cadere discretamente una pillola.

Albano – Ah, vedo che hai ritirato fuori l'alcool metilico.

Cristina – L'alcool di patata.

Eva – È una vera specialità.

Cristina – Davvero, e chi lo produce?

Albano – Eva ha uno zio ecclesiastico. Distilla questa roba di notte con un alambicco clandestino nella cripta della chiesa.

Cristina ha la testa altrove.

Cristina – Chissà dove riceveva le sue amanti. Non ne ho proprio idea.

Albano – Ci sono talmente tanti alberghi, sai com'è.

Cristina – Ma lui era di una tirchieria… Mi stupirei se avesse preso una camera. E poi, sono convinta che si è iscritto a quel sito solo per non dover pagare le prostitute. Credi a me, a vedere le foto delle sue conquiste, non era molto esigente sulla mercanzia.

Eva – Grazie infinite…

Cristina le lancia uno sguardo incuriosito.

Albano – Come mai parli di lui al passato?

Cristina – Chi, io?

Eva – Hai detto: "Era di una tirchieria…".

Cristina – Perché per me è morto.

Eva – Oh, non dirlo nemmeno!

Cristina – Oppure, un amico gli prestava l'appartamento… In queste circostanze gli uomini sono molto solidali, purtroppo. Non sto parlando di te, Albano, ovviamente.

Albano le versa un altro bicchiere.

Albano – Su, a pensare queste cose ti fai solo del male. Bevi un bicchierino, piuttosto.

Cristina – Non so cosa mi prende… Poco fa non riuscivo nemmeno a chiudere occhio, adesso invece ho come un colpo di sonno… Credo che andrò a letto.

Crolla a terra.

Albano – Finalmente le pillole le hanno fatto effetto.

Eva – Più che altro è il sonnifero che le ho aggiunto nel bicchiere.

Albano – Non dirai sul serio?

Eva – Ora godiamo della necessaria tranquillità per sbarazzarci del corpo.

Albano – Il corpo di Cristina?

Eva – Quello di Patrizio! Aiutami a sistemarla nella stanza degli ospiti. Domattina, quando si sveglierà, sarà ufficialmente vedova.

Albano – E le avremo anche risparmiato le complicazioni di un divorzio!

Eva – Una volta tanto le facciamo un favore.

La trascinano per i piedi fino alle quinte e tornano immediatamente.

Albano – Per Patrizio che si fa?

Eva – La soda caustica richiede tempo.

Albano – Già, soprattutto se domani Cristina vuole farsi un bagno.

Eva – Hai ragione.

Albano – Lo infiliamo in tre sacchi della spazzatura e lo portiamo a fare un giretto nel bosco.

Eva – O allo zoo. L'ho già visto fare in un film… Lo lanciamo nella gabbia delle bestie feroci e tanti saluti.

Albano – E come la superiamo la sicurezza dello zoo con tre sacchi della spazzatura?

Eva – Potremmo scavalcare la recinzione di notte.

Albano – Il bosco è meglio. Ho una pala nel capanno del giardino.

Eva – Vuoi che ti dia una mano con il corpo?

Albano – No, il più l'ho fatto. Me ne occupo io. Ti sporcheresti tutta.

Eva – Come vuoi.

Albano esce.

Eva – Forse sto facendo una sciocchezza, ma spero di no… Ormai è troppo tardi per tornare indietro. Forza, un ultimo bicchierino per la strada da fare.

Si versa un altro bicchiere e lo svuota d'un sorso. Il suo cellulare squilla.

Eva – Pronto… (*Interdetta*) Patrizio? Se è uno scherzo, è di pessimo gusto. Sei tu, Albano? Oh, scusa, Patrizio sei proprio tu? No, no, no, non sono sorpresa, è che… Sì, in effetti, un po'… Ah, hai dimenticato qui il tuo cellulare! Sì, Albano mi ha parlato della vostra… discussione… Ma perché gliel'hai raccontato?… Beh, ormai è fatta… Prima o poi lo avrebbe scoperto… Sì, glielo dirò… Va bene. Grazie per la telefonata. Ah, scusa, hai per caso parlato con Cristina? Sì, credo sospetti qualcosa. Se così si può dire… Va bene, ciao. (*Chiude la telefonata*) Il porco schifoso mi ha presa per il culo.

Albano ritorna con un sacco della spazzatura.

Eva (*facendo finta di niente*) – Allora, tutto pronto?

Albano – Sì, mi ci è voluto un po'. Con il gelo, i pezzi iniziavano a incollarsi sul fondo del congelatore… Ho dovuto staccarli col rompighiaccio.

Eva – Povero Patrizio… Mi fa così strano vederlo in queste condizioni, pronto a partire per la discarica.

Albano – Non so come ringraziarti, dico davvero. Mi hai dato una grande prova d'amore.

Eva – Almeno mi perdoni per il mio adulterio involontario?

Albano – Ma certo… Mi hai dimostrato quanto mi ami.

Eva – Allora io ti perdono per aver infilato nel nostro letto coniugale il tuo miglior amico senza dirmelo.

Albano – Devo prendere altri due sacchi.

Eva – Ti aiuto.

Albano – Sei sicura?

Eva – Come hai detto poco fa… "Nella gioia e nel dolore".

Escono. Entra Cristina, in stato confusionale.

Cristina – Ehi, siete qui? Dove diavolo ho ficcato il mio telefono?

Guarda con curiosità il sacco della spazzatura. Mentre cerca il cellulare, trova la camicia macchiata di sangue con i gemelli sotto il cuscino del divano. Intrigata, ritrova pian piano la sua lucidità. Apre il sacco della spazzatura e lo richiude immediatamente, inorridita. Entrano Albano ed Eva con gli altri due sacchi.

Albano – Cristina, cosa ci fai qui?

Eva – Non dormi?

Cristina – No… Sì… Mi sono dimenticata il telefono.

Albano – Stavamo per portare fuori la spazzatura.

Cristina – Torno a letto. Non preoccupatevi per me.

Esce, visibilmente terrorizzata.

Albano – Secondo te, sospetta qualcosa?

Eva – Forse dovremmo far fuori anche lei!

Albano – Vuoi dire che uccideresti per me? Santo cielo, mi stai facendo paura.

Eva (*in preda all'eccitazione*) – La conosci la canzone dei Matia Bazar *Dedicato a te*? Quella che dice (*cantando*) *cosa non farei per te…*

Albano (*preoccupato*) – Senti, devo confessarti una cosa.

Eva – Non dirmi che hai ucciso qualcun altro!

Albano – No, non è questo… Ecco, insomma…

Eva – Povero Patrizio… Era pur sempre un amico. Mi piacerebbe dargli un ultimo saluto. In quale sacco hai messo la testa?

Albano – Fossi in te non lo farei.

Eva – Credo che noi due dobbiamo parlare…

Albano – E va bene, nei sacchi della spazzatura non c'è Patrizio.

Eva – Come, non c'è Patrizio? Hai forse ucciso qualcun altro?

Albano – No, voglio dire che non ho ucciso nessuno… Come hai fatto a crederci?

Eva – Ti confesso che a questo punto non sono più sicura di niente. (*Apre uno dei sacchi e il suo sorriso si spegne*) No… Santo cielo, che schifo… Allora hai davvero ucciso qualcuno?

Albano – Ma no! Insomma, sì, ma…

Eva – Chi è?

Albano – Il cinghiale.

Eva – Il cinghiale? Albano, tu non vai a caccia… O questa è un'altra di quelle cose che mi hai tenuto nascosto?

Albano – No, te lo giuro, non vado a caccia. Ma la storia del cinghiale è vera.

Eva – Ma davvero?... Raccontamela un po' che sono curiosa.

Albano – Ero proprio con Patrizio. Avevamo appena finito di giocare a golf.

Eva – Ah, adesso salta fuori il golf… Fammi indovinare: durante la partita, tra la diciassettesima e la diciottesima buca, hai ammazzato un cinghiale con una pallina?

Albano – Stavamo tornando dalla partita quando, in mezzo al bosco, abbiamo investito un cinghiale. Abbiamo rischiato di ammazzarci anche noi, pensa un po', perché un cinghiale di duecento chili a novanta chilometri all'ora fa comunque seri danni anche quando si guida una 4x4.

Eva – Quindi hai sfasciato anche la nostra auto?

Albano – Mi pare ci sia di peggio, non credi? Comunque siamo usciti di strada. Patrizio era un po' scosso.

Eva – E allora?

Albano – Siccome era ancora vivo, ho pensato di portarlo da un medico.

Eva – Patrizio?

Albano – No, il cinghiale! Lo abbiamo caricato nel bagagliaio. Ma quando siamo arrivati dal veterinario, era già morto per le ferite.

Eva – Chi?

Albano – Il cinghiale!!

Eva – Ah, va bene.

Albano – Comunque, siccome stava nel bagagliaio… non sapevamo cosa farne. È di Patrizio l'idea delle frattaglie con cipolle.

Eva – Ah, certo, è di… Ottima idea, come no… Ma allora… perché inventarsi una storia simile?

Albano – Perché mentre io e lui stavamo tagliando la carne… mi ha confessato di essere stato a letto con te.

Eva – Si vede che smembrare quella carcassa, l'ha ispirato… E cosa ti ha raccontato, sentiamo? Perché Patrizio sapeva benissimo di trovarsi nel letto del suo miglior amico!

Albano – È per questo che si sentiva in colpa, voleva alleggerirsi la coscienza.

Eva – La coscienza? E da quando Patrizio ne ha una?

Albano – Hai ragione, può darsi che volesse soprattutto umiliarmi. Trincerandosi dietro al fatto che si è trattato di un adulterio involontario, come dici tu.

Eva – E quindi?

Albano – Ha finito per confessarmi che sapeva benissimo quello che stava facendo… e probabilmente anche tu.

Eva – Il porco… Ti giuro che io…

Albano – Ti credo. Il suo intento era di farmi soffrire. Te l'ho già detto, no, è sempre stato geloso di me. In realtà mi ha sempre odiato. Per farla breve, siamo venuti alle mani e…

Eva – Ecco perché il sangue sulla camicia!

Albano – No, quello è il sangue del cinghiale… quando l'abbiamo messo nel bagagliaio.

Eva – Capisco.

Albano – Poi abbiamo fatto pace. Gli ho prestato una delle mie camice, e se n'è andato.

Eva – E poi?

Albano – Quando sei arrivata, ero arrabbiato con te. Non mi avevi confessato di esserci stata a letto e mi sono sentito tradito, ingannato.

Eva – Scusa, ma ti giuro che io non sapevo…

Albano – È in quel momento che mi è venuta l'idea. Così, dal nulla. Smembrare quella povera bestia mi ha mandato in confusione. Avevo trovato la ricetta su *Donna moderna*.

Eva – *Donna moderna?*

Albano – Per punirti, ho deciso di dirti che l'avevo ucciso. Volevo vedere la tua reazione. Solo che dopo, ho perso il controllo della situazione.

Si sente una sirena di polizia. Eva nota la camicia spuntare da uno dei sacchi.

Eva – Dev'essere stata Cristina… Ha visto il sacco e la camicia… Avrà chiamato la polizia.

Qualcuno bussa violentemente alla porta. Entra Cristina, con in mano un grande coltello da cucina.

Cristina – Non avvicinatevi, psicopatici!

Eva – Calmati, ora ti spieghiamo tutto. Si tratta solo di uno stupido scherzo…

Albano – Nei sacchi della spazzatura non c'è Patrizio, te lo giuro.

Cristina – Non una mossa, o sparo!

Albano – Hai in mano un coltello…

Eva – Ora ti apro uno dei sacchi, così puoi constatarlo tu stessa.

Le mostra il contenuto di un sacco.

Cristina – Ma che cos'è quello schifo?

Albano – Un cinghiale! Guarda! È tutto coperto di peli.

Cristina – Anche Patrizio è tutto coperto di peli!

Eva – Non fino a questo punto.

Cristina – Come lo sai?

Voce fuori campo Aprite, polizia!

Albano (*a Cristina*) – Sei stata tu a chiamarli, è meglio che sia tu a spiegargli la situazione.

Eva – Non sarà così facile.

Cristina – E va bene, lo faccio.

Cristina esce.

Albano – Mi dispiace, mi sono comportato come uno stupido, ma mi sentivo tradito.

Eva – È colpa mia… Avrei dovuto confessarti tutto subito, ma avevo paura che non mi avresti creduto.

Albano – Siamo stati due idioti.

Eva – Nascondere la polvere sotto il tappeto non è mai la soluzione giusta… anche perché finisci per ritrovartela in gola.

Albano – Sì. È per questo che anche tu faresti meglio a dirglielo.

Eva – Di cosa parli?

Albano – A Cristina! Di Patrizio!

Eva – Non vedo perché, la tradisce anche con i soprammobili…

Albano – Sì, ma tu sei la sua migliore amica.

Cristina ritorna.

Cristina – Tutto a posto, sono andati via. Scusatemi, non so cosa mi ha preso.

Eva – Stasera siamo tutti un po' scossi… sarà la luna piena.

Cristina – Non sapevo ci fosse la luna piena.

Eva – In realtà non lo so, ma è come se ci fosse.

Albano – Vi lascio, credo abbiate qualcosa di cui parlare.

Albano esce.

Cristina – A che si riferisce?

Pausa.

Eva – Anch'io sono andata a letto con Patrizio.

Cristina – Cosa?

Eva – Ti giuro è stato… del tutto involontario.

Cristina – Allora la storia che mi hai raccontato poco fa si riferiva a te e a lui?

Eva – Era da tanto che volevo dirtelo, ma non sapevo come fare.

Cristina – Com'è successo?

Eva – Quel porco di Albano gli prestava il nostro letto per gli incontri galanti…

Cristina – Va bene, ti credo. Ma non dirmi altro. Sei pur sempre la mia migliore amica, no?

Eva – Grazie, Cristina.

Cristina – Capita a tutte di commettere degli errori, soprattutto quando si è ubriache.

Eva – Io, veramente, non avevo bevuto un goccio.

Cristina – Vabbè, non è questo il punto. Comunque, il vero colpevole è Patrizio. È un bene che gli stia alla larga per un po', altrimenti lo ucciderei!

Eva – Non si uccide una persona così su due piedi, stai tranquilla. Ma se ti serve un avvocato, sono qui. Per il divorzio, intendo.

Cristina – Grazie… Bene, credo sia meglio che me ne vada. Anche tu e Albano avete diverse cose di cui parlare. Dormirò da mia madre. Le dirò che ho dimenticato le chiavi di casa.

Eva – D'accordo… Domani, vedrai le cose con più lucidità. Non solo tu, ma anche noi.

Cristina esce. Albano ritorna. Lui ed Eva si siedono sul divano e restano un attimo in silenzio.

Albano – Davvero si è trattato di adulterio involontario?

Eva – Diciamo che è stato… inconsapevole.

Albano – Va bene, fingerò di crederci.

Si abbracciano.

Eva – Sta di fatto che da quando è successo la mia libido si è risvegliata…

Albano – Sì, l'ho notato. Mi stavo appunto chiedendo quale fosse il motivo.

Eva – Dovremmo farlo più spesso.

Albano – Ti riferisci… agli incontri al buio nel letto coniugale?

Eva – Perché, ci sono altri amici a cui presti casa nostra per andare con le amanti?

Albano – Io pensavo piuttosto a uno scambio equo. Anche tu avrai delle amiche che tradiscono il marito e hanno bisogno di un posto per i loro rapporti illeciti… Ti ricordo che hai un punto di vantaggio rispetto a me. Adesso è il mio turno.

Eva – Mi dispiace, ho solo amiche fedeli.

Albano – Non ne sono così convinto.... ma ne parleremo un'altra volta. Ti confesso che l'idea eccita anche me.

Musica di sottofondo. Si baciano.

Buio.

Epilogo

In un angolo del salotto sono posizionate tre valigie. Albano arriva da fuori e si toglie l'impermeabile.

Albano – Tesoro, sei in casa?

Entra Eva.

Eva – Allora, com'è andata?

Albano – Il testo gli è piaciuto. Lo produrranno in apertura della prossima stagione.

Eva – Oh, ma è magnifico!

Albano – E pensano che il titolo sia geniale.

Eva – *Un piccolo omicidio, senza conseguenze...* Sempre meglio di *Osteria 2000*.

Albano – Uno spaccato di vita vera, è proprio il caso di dirlo.

Eva – O quasi.

Si baciano.

Albano – Allora, tutto è bene quel che finisce bene.

Eva – Ho sempre creduto in te... anche quando mi raccontavi storie raccapriccianti.

Albano – Quest'esperienza ci ha ravvicinati. Prometto di non dirti più bugie.

Eva – E io di non nasconderti più nulla.

Lo sguardo di Albano cade sulle valigie.

Albano (*preoccupato*) – Cosa sono quelle valigie? Vuoi già lasciarmi? Dopo tutto quello che mi hai appena detto...

Eva – Sono di Cristina. Mi ha chiesto se poteva passare la notte qui. Credo che con Patrizio le cose non siano andate tanto bene. Non ha un posto dove andare.

Albano – Che rompiscatole… Non ce la toglieremo più dai piedi.

Eva – In fondo, glielo dobbiamo.

Albano – D'accordo. Ma per una notte sola, non di più.

Suonano alla porta.

Eva – Dev'essere lei.

Albano – Bene, vado a prendere lo champagne.

Eva – Per festeggiare il divorzio di Cristina?

Albano – Per festeggiare l'allestimento della mia pièce! Tanto peggio, vuol dire che lo berremo con lei.

Albano esce. Eva va ad aprire e torna con Cristina.

Eva – Mi sembri sconvolta. Hai litigato con Patrizio, è per questo?

Cristina – Eva… ho paura di aver commesso una sciocchezza.

Eva – Quale sciocchezza? Mi stai spaventando.

Cristina – Credo di aver ucciso Patrizio.

Eva – Ah, no, questa me l'hanno già raccontata. Una volta, passi, ma due proprio no!

Cristina – Abbiamo avuto una piccola discussione. I toni si sono scaldati e io gli ho detto di uscire subito da casa mia.

Eva – E poi?

Cristina – Beh… è andato a prendere le sue valigie. Solo che dopo la situazione è un po' degenerata.

Eva – Cosa intendi con "un po'"?

Cristina – Stavo tagliando il pollo… Avevo in mano il coltello elettrico e… non sono riuscita a trattenermi!

Eva – Ma lui dov'è? All'ospedale?

Cristina – Purtroppo, era troppo tardi per chiamare l'ambulanza. Volevo solo spaventarlo. Mi si è avvicinato in tono di sfida, io mi sono mossa d'istinto e... gli ho tranciato la carotide.

Eva – Oddio... L'incubo continua. Ma lui dov'è?

Cristina gli indica con lo sguardo le valigie.

Cristina – Beh... nelle valigie.

Eva – No?

Cristina – Avrò bisogno dei tuoi consigli professionali.

Eva – I miei consigli professionali? Non farti troppe illusioni. Anche se mi definiscono una signora ammazzatutti non potremo farlo passare per incidente domestico.

Cristina – Io pensavo piuttosto di farlo passare per il sifone della vasca da bagno dopo un bagnetto nella soda caustica.

Eva – Devo parlarne con Albano.

Albano torna, l'aria gioiosa, con in mano una bottiglia di champagne.

Albano – Champagne per tutti!

Entrambe gli lanciano uno sguardo sconcertato.
Buio.

FINE DELLA COMMEDIA

Questo testo è protetto dalle leggi che tutelano i
diritti di proprietà intellettuale.
Ogni violazione è punibile con una multa fino a
300.000 euro e con la reclusione fino a 3 anni.

Ottobre 2022

9 782377 058396